KB149322

아비

황금알 시인선 142
아비

초판발행일 | 2017년 2월 28일

지은이 | 강홍수
펴낸곳 | 도서출판 황금알
펴낸이 | 金永馥
선정위원 | 김영승 · 마종기 · 유안진 · 이수익
주간 | 김영탁
편집실장 | 조경숙
표지디자인 | 칼라박스
주소 | 03088 서울시 종로구 이화장2길 29-3, 104호(동숭동, 청기와빌라2차)
물류센타(직송 · 반품) | 100-272 서울시 중구 필동2가 124-6 1F
전화 | 02)2275-9171
팩스 | 02)2275-9172
이메일 | tibet21@hanmail.net
홈페이지 | http://goldegg21.com
출판등록 | 2003년 03월 26일(제300-2003-230호)

값은 뒤표지에 있습니다.

ISBN 979-11-86547-56-4-03810

*이 도서의 국립중앙도서관 출판예정도서목록(CIP)은 서지정보유통지원시스템 홈페이지(http://seoji.nl.go.kr)와 국가자료공동목록시스템(http://www.nl.go.kr/kolisnet)에서 이용하실 수 있습니다.(CIP제어번호: CIP2017003388)

아비

강흥수 시집

황금알

| 권두시 |

시와 시인

귀뚜라미 노래하는 풀잎 위에
달빛이 이슬에 젖어 빛나는 밤
씁쓰름하면서 감미로운
커피 맛 같은 생활 모습 피워내는
한 떨기 영혼의 꽃송이

언어의 달콤한 속삭임
노랫가락 콧노래
영혼의 골짜기에서 솟아 나오는 샘물
신과의 대화
슬픔과 괴로움도 추억과 희망으로 승화되는 여정

이웃 사람들
강아지 진달래꽃 휘파람새
하늘
땅
모두가 시

우리는 살아 있다는 자체만으로도
시인이다

차 례

1부 꼬부랑 고개 넘는 소망

2부 추억 고백

3부 꿈꾸는 고향

1부

꼬부랑 고개 넘는 소망

새해

마음 밑바닥에 떨어져 음산하게 녹슬어가는 종이여
하늘과 땅 사이에 다시 너를 세운다

오랫동안 잊혀졌던 네 존재의미가
울려 퍼지는 종소리처럼 반짝거릴 것을
마음의 도화지에 미리 그려본다

울려라 종소리여
네가 태어나기 전부터 숙명처럼 부여된 의미를
태어나는 순간 약속된 너의 존재 이유를
세상 속에 둥글게 둥글게 반짝이려무나
어두울수록 더욱 밝고 맑은 목소리로
노랠 하려무나
영혼의 종이여

파도

조각조각 부서져 흩어지는 꿈들과 같이
하얗게 방울방울 부서져 자지러지는 파도

희망을 다시 일으켜 세우는
늙지 않는 꿈들과 같이
부서지고 깨어지면서도 응결하고 결집하여
바위를 넘어서려 더 높이 일어서는 집념 덩어리

두 무릎을 펴고 힘주어 일어나는 사람처럼
밀려났다가도 더욱 강력한 생명력으로
솟구쳐 오르는 드높은 기상

때로는 씩씩거리며
때로는 함성을 질러대며
지쳐 쓰러질 때까지
경계를 넘어서려는 파도는
스스로 한계를 정한 채 주저앉은 나를 향해
밤새도록 꿈속에서조차 몰아치고 있었다

하루살이 수레바퀴

인생은 하루살이 수레바퀴 자국의 모임
눈 뜨자마자 두 손 가지런히 소망을 붙들고
떠나는 일상의 모험
때론 시간조차 느낄 새 없이 분주하게
때론 끝없이 이어지는 수평선처럼 지겹게
흘러가듯 다가오는 내일이었던 아침
같은 듯 다른 나날 속에서
살아가는 의미를 부여하고 새겨 넣으며
또 살아보자고 바라보는 허공 같은 하늘
하늘은 바라볼 수 있는 만큼의 거리에서
유혹처럼 땅과 맞닿아 있을 뿐
단 한 번도 도달을 허용하지 않았지
땅끝과 하늘 끝마저 애매모호해지는 저녁 무렵
좁쌀 헤아리듯 되짚어보면
또다시 다녀온 어제 같은 하루

촉수의 길

환한 웃음꽃을 피웠던 순간들이
곧 깊은 그리움으로 사무치는 것은
겹겹으로 둘러싸인 정신감옥 같은 현실 때문이다

한시라도 빨리 벗어나고자 했던 일들이
되새기고픈 이야기가 된 것은
그 어려움 허위허위 헤쳐 온 내가
여기 이렇게
햇살 받는 당당한 어깨로 서 있기 때문이다

이제 또
지나온 자취를 촉수처럼 더듬어 보는 것은
저편에서 걸어온 내가
이편으로 가야 할 길을
가늠해 보기 위함이다

빗속을 헤쳐 가며

양동이로 퍼붓듯 쏟아져 내립니다
하늘댐이 붕괴라도 됐는지 걷잡을 수가 없습니다
바람은 심술쟁이처럼 우산마저 뒤집어버려
땟국같이 찝찌름한 빗물이 온몸을 타고 흘러내립니다

빗줄기 타고 하늘을 헤엄친다던 미꾸라지가 생각납니다
그 말의 사실 여부를 떠나 제 꼴이 꼭 그 모양 같습니다
혼탁한 세상 속을 용케도 헤엄쳐 왔습니다
서툴러도 낙오돼 주저앉지 않고 여기까지 온 것은
행운이라기보다 인생살이 자체가 그런 것인가 봅니다

무겁게 내려앉은 펑퍼짐한 하늘을 바라봅니다
비를 퍼붓는 이의 표정을 볼 수는 없지만
저를 익사시킬 것 같지는 않습니다

비가 그치면 하늘은 언제 그랬냐고 시치미 떼듯
언제나처럼 빙그레 웃겠지요
저 또한 뒤끝 없이 씨익 웃겠고요
그리 생각하니 좀 더 퍼붓고

저 또한 우산을 접은 채
좀 더 후줄근해져도 좋을 것 같습니다

도약

올챙이
개구리 되듯

굼벵이
비단매미 되듯

새롭게 거듭나

뛰어보자 초록 세상
노래하자 파란 하늘

꿈틀거리는 수묵화

아쉬움은
발전에 대한 가능성

가능성은
삶이 계속되리란 하늘 약속

그 약속 되새겨
하늘을 우러르느니

먹물처럼 흩뿌려지는 하늘마저도
꿈틀거리는 수묵화 같아라

꿈이란

아기 눈망울처럼
똘망거리는 별들을 보라
깜깜할수록 빛을 발하는
꿈의 보따리를 보라

밤이 있기에
별은 빛나고
별이 있기에
꿈은 반짝거리는 것

별들이 소멸되는 순간까지
빛을 내뿜듯
꿈은 스스로 포기하지 않는 한
등대처럼 길을 이끄나니
깜깜할수록 빛을 발하는
꿈의 보따리를 풀어보라

상상여행

날개도 없이 열차도 없이
우주 곳곳을 싸돌아다닌다
검문검색도 받지 않는 자유여행자가 되어
보이지 않는 사차원 오차원을 넘어
차원을 알 수 없는 세계까지 누비고 다닌다
태어나기 전의 세상도 가보고
아득히 손짓하는 어린 시절의 정겨움도 찾아가 보고
애틋한 첫사랑도 만나 찻잔 마주하여
함께 늙어가는 눈동자도 바라다보고
머지않아 다가올 저승도 이쪽 저쪽 둘러본다
상상 속에 그려내는 세계는
어둠이 깔릴 무렵이나 계절이 교차될 때의
스산함도 없고
아쉬움과 설렘 같은 미묘한 정신 혼돈도 없다
마음을 동행 삼아 의견 대립 없는 대화를 나누며
헤아릴 길 없는 광년을 다녀오는 짧지만 긴 시간
어린아이 마실마냥
여유로워 평화롭고 평화로워 살만하다

첫 여행

물결 위를 떠가듯
불구덩이를 벗어난 시 한 편이
바람을 타고 너울너울 허공을 흘러간다
마음에서 마음으로 여행을 하지 못한 채
돌아오지 못할 첫 여행을 떠난다

바람이 내려놓는 그곳에서
읽혀지지 못한 의지는
고이 키워준 마음의 고향을 그리며
비바람과 추위와 더위와 어둠의 깊이만큼
서럽게 지워져 가리라

햇빛과 바람에게 처음으로 읽혀지며
가벼움 속 적막감 속에 떠나가는 의지여
부디 잘 가라

숭고한 아름다움

보도블록 틈 사이에
뿌리내린 풀포기를 보라

밟히고 밟히면서도
기어코 줄기를 드리우는 끈질김을 보라

먼지가 쌓이고 생채기가 나도
빗줄기 따라 뿌리 깊게 내리는 생명력을 보라

예쁘지 않아도 꽃을 피우고
마침내 풀씨 여물어 바람결에 실려 보내는
저 숭고한 아름다움을 보라

노숙자

광화문에서 멀지 않은 탑골공원 근처
낙원상가 대로변에
육십 대 중반 남자가 널브러져 있다

몇 십 개의 불을 밝히지 않아도 환한 한여름 대낮
독립만세 외치듯 두 팔을 펼친 채
등짝 따끈따끈하게 선잠이 들어
어느 먼 곳 자유천지라도 활보하는지
빙긋빙긋 웃고 있다

걷기조차 힘겨워하는 지친 말에게
달리도록 채찍질하는 냉혹한 사람처럼
브레이크 없이 가속페달만 밟아대는 문명은
어느 세계로 이 세상을 숨 가쁘게 몰고 가는지
일 처리 능력 부족한 사람에겐 자리를 내어주지 않는다

생각할수록 머릿속이 헝클어지고 막막해져
상실해가던 의욕은 어느 순간 주저앉은 채
의지로부터 도망쳐 세상의 벽 뒤로 숨어버리는 자아들

그래도 살아있다고
낙원상가 대로변을 따라 탑골공원을 지나 광화문까지
의욕 잃은 눈빛이나마 때로는 깜박이고 있는 것이다

도시의 콩

지쳐가는 햇무리 아래
누렁 잎사귀 풀썩풀썩 떠나보내며
할아버지 다리처럼 말라가는 콩대
색 바랜 이불 같은 콩깍지 속에는
태어나지 못한 좁쌀처럼 작은 콩알들

낮에는 세상 끝을 향해 질주하는 자동차 소리
밤에는 뱀눈같이 싸늘한 가로등 불빛 아래
쉬지 못하고 쌓이는 피곤의 두께
팍팍한 땅에 싹을 틔워
늦가을까지 버텨온 끈질김도 열매 없이
비틀려 가는 줄기 따라
눈물처럼 툭툭 떨어지는 점박이 잎사귀들

머문 자리

아름다운 사람은 머문 자리도 아름답다며
감시하듯 마주 바라보는 화장실 문구를 보면서
아삼아삼 되새겨지는 이들은
뒷모습이 말끔하였음을 떠올린다

외모는 백합꽃 같지 않더라도
마음만은 백리향처럼 드리울 수 없을까
할 수만 있다면
흔적 남기려 드는 정과 끌 같은 삶이 아닌
이슬처럼 흐르는 삶일 수는 없을까

비석에 치장되어 비 오는 날 으스스하게 서 있는
때가 낀 이름이 아닌
절벽마다 아찔하고 삐뚤어지게 새겨져
따갑도록 눈총 맞고 서 있는 이름이 아닌
근원을 알 수 없는 민요처럼
읊조려지는 인생이 될 수는 없을까

세상 속 눈빛

장례식장에서 초등친구와 함께 귀경하는데
저 혼자 나를 짝사랑하는 것 같단다
그래서 내가 징그럽다며
사랑할 사람이 없어 코끼리 같은 아저씨를 사랑하겠냐
농담한 후에
바라보는 내 눈에 사랑 담뿍 담기지 않았냐 했더니
그게 사랑 담긴 눈길이냐고
무서워서 삼 초를 바라보지 못하겠다며
차 안이 울리도록 껄껄거린다

한때는 내 눈빛도
초롱초롱하면서도 봄 햇살 같은 때가 있었지
그러나 세상 속에 파묻혀 흘러오는 동안
호랑이보다도 더 날카롭게 번득이는 눈빛이 되었네

이제는 다시 어린 아이 눈빛처럼 맑아질 수는 없지만
마음만은 하나하나 비워가야 할 때
가을 하늘처럼 비워져서 넉넉한 공간으로 채워가야 할 때

맑아서 높아진 하늘 별꽃등이 곱다

함께 사는 행복

묘비를 닦는 모녀
천안함 사건으로 순직한 중사의 어머니와 누나
현충원을 방문한 야구선수단에게
열혈팬이었던 아들을 본 듯 반가워하는 어머니와
눈시울 붉어지는 누이
한 장의 티셔츠를 꺼내 선수단 전원에게 사인을 받아
묘비 앞 보관함에 고이 넣을 때
유월의 햇볕 아래
영혼이 춤을 추듯 한 줄기 바람이 스쳐가고
휘파람새도 연이어 휘파람을 불어대네

이 세상 떠난 사람을 대신하여
꼴찌팀 선수들마저 반가운 그들 앞에서
너와 나는
같은 하늘 아래 함께 살아가는 자체만으로도
행복하지 아니한가
산모퉁이를 돌아가는 기차처럼 사라지는
우리네 인생사지만
얼굴 마주하며 산다는 것이 행복하지 아니한가

영원 속 영혼

영혼의 종착지는 어디인가
돌아갈 영혼의 고향별은 어디에 있는가

헤아릴 수 없이 많은 전생을 잊고 살지만
발자취는 본능 속에 이어져 있어
불현듯 한 조각 몽환처럼 떠오를 때가 있지
돌무덤 속 같은 전생도 있을 터이나
신의 섭리를 믿으며 사는 우리는
후생에 대한 희망의 불꽃을 피우며 살아가지
신은 때때로 예측불허의 길로 사람을 이끌고
기적 같은 일들도 인간을 통해 이뤄내기도 하지만
내가 가장 바라는 영혼의 길은
바람 같은 자유
자유롭지 못한 권좌도 싫고
마음을 짓누르는 재물도 싫고
신기루 같은 명예도 부질없어라
그러나 신은 자유의지를 주었을 뿐
방랑하는 자유를 우리에게 주지 않았지

두려움을 희망으로 이겨내며 사는 우리는
모두가 영혼의 전사들
영혼의 전사라는 것은 위험스럽고 고독하지만
희망의 끈을 놓지 않는 한 끝내는 승리하지
영혼의 아버지가 함께 하기에

막다른 절벽 끝의 행복이 목화구름처럼 나를 감쌀수록
아지랑이처럼 스멀스멀 피어오르는 뿌리 깊은 그리움

그리움의 뿌리를 찾아 다시금 길 떠나는 나는
고독한 영혼의 항해사
우주의 파고는 오늘도 높은데
점 같은 인간항구를 또 하나 거쳐
우주에너지에 이끌려 출항하는 나는
사랑의 항해사

갈색 향기를 건너는 계절 그림자

감투 같은 붉은 벼슬 곧추세운 수탉과
마님처럼 뒤뚱뒤뚱 동행하는 암탉 뒤로
사색에 잠겨 뒤따르는 가을 그림자

건드리기만 해도 베일 듯 날카롭던 억새들도
갈색 향기를 드리우며
작별을 고하듯 온몸으로 흔들리고
햇살마저 아쉬운 미소로 배웅하는 오후
겨울은 저만치서 미안한 듯 머뭇거리고 있네

국화꽃 사이를 장날처럼 부산하게 오가던 벌들도
문들을 꼭꼭 닫아건 채 나오질 않고
빛바랜 계절 하나 느릿느릿 오후를 건너고 있네

비어있는 둥지들

시 홀로 서성이는 문학세계에 빠져들어
개미집 같은 생각 속을 헤매 돌다가
힘겹게 찾아드는 꿈자리

고향집을 향하여
말없이 간척지를 걸어가고 있었어
어느 집 논들인지
벼 이삭들이 야무지게 여물고 있었네
개울에는 속살 비치는 냇물이
멈춘 듯 흘러가고
피라미들도 덩달아 노닐고 있었네
하지만
우리 집 동산의 수많은 메추리 둥지에는
알도 새도 없이 텅 비어 있었어
어디로 떠나버렸는지
언제나 돌아오겠다는 것인지
쪼가리 흔적조차 남겨두지 않은 채
둥그런 고적함만을 가득 품고 있었어

계절 한 장을 또 넘기며

잎사귀들을 세상에 내보내기 위해 치장시키는
단풍나무 아래 앉아 계절을 읽는다

앵두 빨갛게 수줍어하던 날도
어느덧 가물거리고
혼을 불사르며 노래 부르던 비단매미도
훌훌 떠나버린 계절
까치들은 치열하게 살았던 모든 삶들을 칭송하는지
박수 치듯 우렁차게 합창을 한다

이제 곧 저 푸르른 하늘강을 따라 겨울은 오리라
인생 계절처럼 한파가 몰아치리라

예고장도 없이 이미 길 떠났을 철새 같은 겨울
다른 계절처럼 그 겨울 또한 내 인생의 친구로 사귀며
세월의 나이테처럼 마음의 나이테 탄탄히 넓혀 가야지
세월이 블랙홀 같은 영원 속으로 사라지듯
마음 또한 기억의 뒤편으로 소멸할지라도
추위가 있어 단풍이 곱게 들 듯

괴로울수록 동그란 사랑꽃을 피워가야지
조그만 성취감 속에 무기력증이 똬리를 틀기 전에
세찬 바람 속 소나무의 수많은 솔잎처럼
하늘바라기 생각을 곱게 세우며 살아가야지

가만히 눈 감으면
하늘강 속으로 사라지는 단풍잎의 뒷모습이 보인다

바보

선비같이 고고한 연륜 많은 노송을
나 또한 좋아하지만
어린 쌍둥이 소나무들 희생하여 자리 넓혀져 성장한
빛진 모습처럼 살고 싶진 않아

그늘 속에서 낮고 낮게 살더라도
외로우면 서로 두 손을 꼬옥 붙잡고
슬퍼하면 꼬옥 안아주는 이끼처럼 살고 싶어

연하고 시원하여 속 풀어주는 콩나물을
나 또한 좋아하지만
자리 콕 지키며 아득바득 키 높이 맞춰 살고 싶진 않아

앉지도 못한 채 차가운 물 속에 서 있을지라도
자리 필요한 이 있으면 살며시 내어주는
부평초처럼 살고 싶어

바보라서
바보 천치라서

달라고 하면 그저 마냥 퍼주는 사람처럼
그렇게 살고 싶어
그리하여 마음속에서 울려 퍼지는 행복의 종소리가
마음과 마음속으로 널리널리 울려 퍼졌으면 좋겠어

팽팽한 길

쫓기다 잡힐 찰나 화들짝 깨어나면
다행이라며 몸서리치던
그 흔하디흔하던 악몽도 없이
꿈속에서조차 꿈이라면 깨지 말라던
행복에 겹던 꿈마저도 하나 없이
안개 쌓인 머릿속처럼 눈을 뜨는 하루하루
정신은 꽉 막힌 콘크리트 숲을 헤매 도느라
꿈과 함께 할 여유마저도 없는지
자는지 깨었는지 경계가 애매모호한
정신의 휴식시간

시냇물 같은 웃음소리도 없이
이끼 같은 쓸쓸함도 없이
빌딩과 빌딩 사이로 뱅뱅 빙빙 거리는
하루만치 또 팽팽하게 휘어 감기는 길

생명을 이끄는 꿈

아스라이 머나먼 저편에서
아지랑이처럼 가물거리는 저 꿈은
신기루일지도 몰라
그래도 저 꿈까지 완주하고 싶네
나이테의 정점이 점으로 끝나듯이
소망의 길이 한 점 꿈으로 끝날지라도
그 꿈에서 깨어나는 순간
햇빛보다도 더 환한 영적세상이 펼쳐지리니
헛고생만은 아닐 터
달리기를 포기한 채 낡아가는 폐선이기보다는
나이테처럼 그 길이 그 길 같아 지루할지라도
한결같은 목표점을 향해 나아가고 싶네
희망을 꿈꾸며 파고를 헤쳐 가는 한
가능성이 생명을 이끄는 그 길을 가고 싶네

깃발에게

고독한 어깨처럼 축 처진 깃발이여
공허한 메아리처럼 펄럭이었을지라도
불어오는 바람의 크기만큼
맡겨진 역할을 수행했으면 족하잖은가

무관심 속에 홀로 바래가는 깃발이여
너의 이상이 새처럼 훨훨 날 수는 없을지라도
펄럭이는 만큼 새 바람을 일으키잖는가

고독이란 열정의 그림자와도 같은 것
그림자가 길어질수록 허탈함 또한 커지겠지만
그래도 펄럭여잖겠는가 깃발이여
미래에서 시원한 희망을 기다리고 있을 누군가를 위해
바람을 흘려보내야잖겠는가 깃발이여

염라대왕조차도

폭염이 소나기에 후줄근하게 씻겨 내리는
인생의 정오 같은 점심시간
딱딱한 표정으로 스트레스를 한마디씩 씹어대던 중
한 직원이 우스갯소릴 한다

어떤 사람이 염라대왕 앞에 섰는데
장래 살고 싶은 곳을 말해보라더란다

그래서 자기 딴에는 욕심 없이 아뢴다고
부귀영화도 싫으니 적당히 먹고 자고 입으면서
근심 없이 자유롭게 살만한 곳으로 보내달라 했단다

그러자 염라대왕이 어처구니없다는 표정으로
한참을 빤히 쳐다보더니
야 임마 그런 곳 있으면 내가 가서 살겠다 하더란다

2부

추억 고백

소녀

가을 하늘처럼 맑고
자그맣고 하얀 국화꽃 같은
한 소녀가 있었습니다

소년은 멀찍이 서서 남몰래 바라만 보아도 설레고
눈이라도 마주치면 마음을 들킨 것만 같아
얼굴이 화끈거리곤 하였습니다
한동네에 살면서 소꿉놀이 각시였으면 싶은 소녀
소년이 하굣길에 책을 읽으며 갈 때면
다른 길로 가면서도 빤히 쳐다보며 가던 소녀
방학 때면 더욱 아롱거리는 그 모습에
소년은 몇 번씩이나 편지를 고쳐 쓰지만
망설이다 결국 못 보내곤 하였습니다
부끄럽기도 하고 도리어 멀어질까 봐
그렇게 그렇게
소년은 그 소녀가 너무나 좋아서
국민학교 육 년 내내 말 한마디 못한 채
졸업하고 말았습니다

병환으로 휴학하여 학년까지 달리하게 된 소년은
여중생이 되어 교복 치마 입은 다소곳한 모습을
멀리서라도 보게 되면 두 눈이 환해지는 만큼
마음이 아려오곤 하였습니다
서로의 거리가 더욱 멀어진 것 같아서
이제는 영영 말 한마디 못하게 된 것만 같아서

도회지에서 고교생활 대학생활 직장생활을 하게 된
소년은
혹여 그 소녀의 집 근처로 지나갈 때면
언덕에서 한참 동안 소녀의 집을 바라보곤 하였습니다
이제는 설렘 대신 아스라한 그리움을 느끼면서

고향 친구들에게 죽었다는 소문까지 났을 정도로
그림자처럼 생활하던 소년은
불혹이던 어느 날 고향 친구로부터 연락을 받고
번개모임에 나가게 되었습니다
모임에 미리 와 있던 한 친구에게
누가 와 있는지 묻는 전화가 그 소녀로부터 왔는데

소년의 이름을 말하니
정말 왔느냐고 몇 번이나 되묻는 것이었습니다
소녀를 보게 된다는 것만으로도 기적 같은데
소녀도 소년을 보고 싶어 했다는 생각에
소년은 꿈속을 여행하는 듯 황홀하였습니다

그 날 소년은 때늦은 고백을 하였습니다
국민학교 일 학년 때부터의 작디작은 가슴앓이를
그 말을 호수같이 잔잔하게 듣고 난 소녀는
왜 이제야 그 말을 하느냐며 나무랐습니다

소녀와 소년은
인생의 중반 길에서 그렇게 다시 만나
마음같이 따스한 찻잔을 마주하여
도란도란 이야기꽃 피워 올리며
가을 국화꽃같이 평화로워지곤 합니다
가만히 있어도 어깨가 짓눌리는 나이에 재회하여
인생길 동행하는 길동무가 되었다는 것이
너무나도 다행스럽고 행복한 소녀와 소년은
인생살이 힘겨운 날일수록 서로를 떠올리곤 합니다

추억 고백

가을 하늘처럼 피어나는 국화꽃을 좋아하는 친구야
까치가 흥에 겨워 합창을 하며 춤을 춘다
둥그런 해가 빠끔히 고갤 내미는 아침 무렵이든
물감 풀어 놓은 듯 노을이 번지는 저녁 무렵이든
까치가 맑은 목소리로 지저귀거든
너를 향해 부르는 내 동요소리라 생각해주렴

윤동주의 가을 하늘을 좋아하는 소녀 같은 친구야
초저녁별들이 하나둘 마실을 나오는 시간
귀뚜라미 메들리 따라 너와 나의 추억들을 펼쳐본다

갓 입학한 국민학교 소년의 눈망울에 투영된
봄 햇살처럼 싱그럽고 샘물처럼 맑고 깊은 네 눈동자에
내 마음은 새가슴처럼 콩닥거렸어
시간이 정지된 것처럼 내 눈동자는 움직일 줄 몰랐지
그 후로 살포시 미소 짓는 네 얼굴이 너무나 좋아서
들키기라도 할 새라 살짝살짝 훔쳐보는 것이 전부였어
네 주위를 술래잡기하듯 뱅뱅 돌면서도
빤히 쳐다보는 너를 볼 때면

마음을 들킨 것만 같아 홍당무가 되어버렸지

소년에서 청년으로 세월이 흐르는 동안에도
문득문득 떠오르던 동그란 얼굴
영영 얼굴 한 번 보지 못할 것 같던 그 소녀가
흑백사진처럼 떠올라 애틋해지던 그 얼굴이
여인이 되어 추억의 책가방을 들고 우연처럼 나타나
동창회 번개모임에서 번개처럼 내 눈길을 사로잡았어
이마에 갈매기 주름 깊어가고 눈가에 실주름 늘어가도
마음만은 늙지 않는 것인지
한결같은 그 눈동자 속으로 다시금 푹 빠져들었어

이십여 년 만에 만난 마음속의 소녀에게
한 소년의 애틋한 짝사랑을 때늦게 고백했지
육 년 내내 너무나 좋아해서 말 한마디 못 건넸다고
왜 그 말을 이제야 하냐는 너의 애틋한 나무람에
식어버린 줄 알았던 내 가슴에 작은 파문이 일었어
어린 시절 나는
빨려들 것만 같은 눈망울의 소년으로서

하굣길에 책을 읽으며 다녔으며
당당하면서도 자신감에 찬 모습이었다고
지금은 내가 쓴 시들이 좋아서
몇 번째 반복하여 시집을 읽고 있다는
호수같이 잔잔한 여인으로 성숙한 너의 말에
마음속은 이슬비같이 촉촉이 젖어들었어

세월은 가도 애틋함은 정겨운 추억으로 남는가 봐

국민학교 입학 얼마 후
내 색싯감을 보았노라고 가족들에게 떠벌렸다가
빙그레 웃는 어머니와 놀려주는 형 때문에
얼굴이 화끈거렸던 내 마음속 소꿉 각시
그 어여쁜 소녀가 아리따운 여인이 되어
소년 시절의 나를 생생히 기억하고 있다고
내 시들에 너무나도 공감한다고
언어의 마술사라고
시인 고향 친구가 있어서 자랑스럽다던 그 말들이
지금도 감격의 동그라미로 연이어 울려 퍼지고 있어

친구야 이제는 우리
소꿉놀이라도 신랑각시가 될 수 없고
손을 잡고 폴카 댄스조차 출 수 없지만
이 세상에 함께 살아 있어 의지가 될 수 있으니
이 얼마나 좋은가
이 세상 일정이 끝나면
우리 또 영원의 선상 어디쯤에서
어떤 모습으로 만나게 될는지 알 수는 없지만
맑디맑은 사랑을 꽃피울 수 있을 거야
어쩌면 하늘 추억록에
너와 나의 자그맣지만 아름다운 이야기들이
차곡차곡 쌓여가고 있는지도 몰라

끝점

구들방 아랫목에 엿고구마를 먹으며 떠올리는
추억이 되어버린 내 마음속 소꿉 각시 소녀야
서러울 것도 없는 나이에 다시 찾은 고향집 장독대에
달빛은 반사되며 빛나는데
뻐꾸기는 무엇이 저리 빽빽하게 서러운지
뻐뻐꾹 오밤중을 딸꾹질하며 넘어간다

아무리 화려한 옷을 입어도
동일한 색깔의 그림자처럼
둔탁하고 색깔 없는 발걸음의 반복 속에
울퉁불퉁 음계를 찍으며 여기까지 왔다
눈앞을 스쳐 가는 내 환영이
천사의 노래 악마의 노래를 부르며 지내온 삶을
반추하는 영상 속에
늘 한쪽에 서서 바라보던 소녀

휘파람새 감미롭게 노래한다 해도
감상 물결에 돛단배를 띄우지 않으리라 다짐하면서도
솔잎 끝에 바람 스치는 쓰라림처럼

고독한 신음 소리로 지새운 나날들
비록 내게 주어진 길을 벗어날 수는 없지만
거북등 같은 갑옷을 입은 소나무처럼
안으로 탄탄해지리라 마음을 동여매며 지내오는 동안
잔잔한 네 눈빛 미소는
두고두고 떠오르던 그리움이었지

무지개 떠 있는 바다를 향해 휘파람을 불며
도시로 떠나간 너를 떠올리던 날도 어느덧 아득하고
이제는 잃어가는 꿈만큼 주름살 늘어가는 나이에 만난
너와 나의 눈동자에 물들던 지난번의 검붉은 노을
아리고 쓰리고 얼얼한 세상을 뒤로하고
노을이 저녁 바람에 휘날리는 머릿결처럼 춤출 무렵
이별 공식처럼 너와 나도 이 세상에 주어진 시간이 다
하면
기약 없는 헤어짐을 해야겠지만
영혼의 손을 잡고 보조 맞춰 걸어가고 싶은
얼마 남지 않은 이 세상 길

그러나
포옹하고 싶은 여인을 뒤로 한 채
황혼녘 말을 타고 떠나가는 서부의 사나이처럼
멋있지는 못할지라도
동굴 같은 어둠 속으로 사라지는 너의 환영을 바라보며
행복하라 행복하라 마음속 축원 속에
색 바랜 추억을 하염없이 만나며 가야만 하는 길

이 세상 너와 나의 이야기는
영원의 선상에서 디딤돌이 되겠지
언젠가는 또 만날 인연의 약속이겠지

이제는 영혼의 샘으로부터 나지막하게 울려 퍼지는
동그라미 노랫소리를 들으며
이 세상 끝점을 향해 간다
몇 번이고 뒤돌아보며 북쪽 하늘을 향해 나는 솔개처럼
그렇게 그렇게 하직문을 향해 간다

붓꽃에 내리는 이슬비

마음에 산들바람이 노니는 날
꽃비가 방울방울 피어납니다
이런 날에는 눈이 맑고 고운 사람과
커피숍 창가에 말없이 마주 보고만 있어도
호젓할 것만 같습니다
초록 잎사귀에 연이어 맺혔다 떨어지는
눈물 같은 물방울을 바라만 보아도
마음이 투명해질 것만 같습니다

붓꽃에 소녀비
야슬야슬 맺히는 수정 방울들
미소 머금은 까만 두 눈동자

특별한 이유도 없이 마음속에 살포시 다가와
물결꽃 같은 파문을 그려냅니다
어쩌면 오월의 초록비가 내려서
그 사람이 물결꽃을 피워내는지도 모르겠습니다

물풍금

커다란 연초록 우산을 혼자 쓰고
강변을 거닐었어

물오리들이 유유히 흐르고
하늘은 하염없이 물풍금을 치고 있었어
물건반이 톡톡 두드려질 때마다
빙그레 빙그레 피어나는 물꽃들

그 박자에 맞춰 노랠 부르고 싶었어
너와 함께 동요를 부르고 싶었어
기억의 저편으로 사라져 가는 우리들의 노래를

커다란 연초록 우산을 혼자 쓰고
강변을 그렇게 걸었어

소나기 사랑

누군가 한눈에 반했나 보다
번개가 저리 번쩍 치는 것을 보면

누군가 아픈 사랑을 하는가 보다
마른하늘에 쫙쫙 금이 가는 것을

누군가 눈물을 뿌리는가 보다
소나기가 저리도 쏟아지는 것을 보면

사랑은 영혼의 샘물

사랑은 영혼의 샘물
투명한 마음 방울들의 속삭임
떠주어도 퍼주어도
새로운 사랑 솟아나 마르지 않는 바닥

사랑은 영혼의 샘물
주면 줄수록 신선해지는 것
적당히 받으면 달콤하지만
욕심을 부리면 탈이 나는 것

사랑은 영혼의 샘물
주지 못하면 이끼가 끼고
받지 못하면 메말라 쩍쩍 갈라지는 것

하늘바다

가을 하늘은 새파란 바다
긴 꼬리 살랑거리며 노니는 하얀 물고기 한 마리
멀리서 가까이서 솟아 있는 높고 낮은 구름 섬들
목화솜같이 가벼운 바람도 꼬리 끌며 스쳐 가고 있는
하늘바다

영원으로 흐르는 듯한 우주의 바다에
마음을 싣고 흘러 흘러 가노라면
불현듯 보고 싶은 얼굴 하나
미소 짓다 사라지기도 하는
그리움의 바다

가을 내내 빠지고 빠져들어도 끝이 닿지 않는
마음처럼 아늑하고 아득한
영혼이 꿈꾸는 바다

홍시가 까치에게

그대여 왜 나를 찾지 아니하는가
그대의 이야기를 묵묵히 들어주며
온몸으로 끄떡이며 공감해주는 내가 좋다며
포르릉포르릉 날아오던 그대여
그대를 그리워하는 맘은
이토록 팽팽하게 물들었는데
그대는 이제 내가 보고 싶지 아니한가
알콩달콩 맛깔스럽던 대화를 정녕코 잊었는가
신나게 부르던 가을 노래를 다시 듣고 싶네
동그랗게 깜박이던 그대의 눈동자 보지 못한 채
눈물방울처럼 툭 떨어져
털퍼덕 주저앉아 있고 싶지는 않으이
자주는 아니더라도 한 번씩은 찾아오시게나
오늘처럼 팽팽한 그리움으로 물들 무렵
잊지 말고 날아오시게나
얼굴 파묻고 울고 싶을 때도 찾아오시게나

너에게 나는

너에게 나는
혼자 움츠려 걷는 겨울 밤거리에
난로같이 따뜻하게 떠올랐으면 좋겠어

누군가에게 상처받아 아플 때도
내가 전해준 말들 새록새록 고갤 내밀어
미소 머금어졌으면 좋겠어
나는 너에게

세상은 아름답다고 흥얼거려지는
높은음자리였으면 좋겠어
내가 문득 떠오를 때면

동화 속 소년

파아란 하늘 검푸른 대지 손을 맞잡는
꿈길 넘어 그리움 넘어
외로움 수백 리

마음의 고향 찾아 소녀를 찾아
코스모스 미소처럼 피어나는 마을에
나는야 꿈길을 달려가는 동화 속 소년

국화꽃 소녀

고즈넉한 햇살 아래 동그마니 국화는
잊어버린 내 어린 시절 소녀의 얼굴

하이얀 꽃잎은
맑고 고운 네 마음이요
투명한 향기는
널 그리는 부끄러운 내 마음이어라

상긋한 갈대 바람 이슬 물거품
멈춘 듯 햇살은 꽃잎에 흐르는데
두 눈동자 반짝이던 소녀는 어디로 가고
나 홀로 불러보는 어린 날의 연가

들판

소나기로 샤워한 들판
잎사귀 위에서 또로롱또로롱 미끄럼 타는 물방울들
방울방울 반짝이며 신나게 박수를 쳐대는데
타원형 다리 같은 무지개가 떠 있는 바다를 향해
음색 곱게 불어보는 휘파람소리
듣는 이 없이 흔들리며 사라지는
초록 향기 짙은 휘파람소리

꿈속 친구에게

꿈속에서 다시 본 아스라한 사람아
그대는 내게 있어 어떠한 존재이기에
이토록 하루를 흔들어 놓는가
우리 서로 인근에 살던 날에도
손목 한번 잡아 본 적 없고
친구 외에는 별다른 느낌도 없었을진대
잊을만하면 불현듯 찾아와
어찌 이리도 마음을 온통 빼앗아 가곤 하는가
내 삶에 있어 그대는 무슨 의미이기에
하루 시작도 전 무엇을 암시하려고
꿈속을 이처럼 심란하게 다녀가는가

살다 보면
현실보다도 생생한 꿈속이 있어
나는 지금
간절히 보고 싶다
그대가

푸른 아침

때죽나무는
별꽃을 날리고
덜꿩나무는
나비꽃을 날릴 때
나는야
휘파람을 날린다

은행나무는
연초록 바람을 불러
자그맣게 부채춤을 춰대고
아침은
파도를 이끌어
어깨춤으로 덩실거릴 때
소망은
먼 산을 당겨
꼬부랑 고개를 넘는다

흔적

마음속에만 그려야 한다는 것만큼
가슴 쥐어짜지는 애달픔이 있을까
누군가의 마음이 떠나간다는 것만큼
좌절하게 만드는 것이 있을까

흔적이 지워지기까지 똬리를 틀고
날름거리듯 속삭여오는 지난날의 사연들
출산의 고통을 알면서도
얽히고설키며 사랑을 나누는 부부처럼
언젠가는 헤어질 줄을 알면서도
벚꽃 피듯 만발했던 만남이지만
예고도 없이 찾아온 우박 덩어리 같은 이별에
속수무책으로 무너지는 못 다 지은 마음의 흙담집
기쁨이 뜨겁게 타올랐던 만큼
슬픔 또한 쉽사리 사그라지질 않아
마음 둘 곳 없고 토로할 곳 없어
삶의 반은 이별이라고 넋두리처럼 주절거려 봐도
가셔지지 않는 갈증 같은 이 외로움

그리움의 뿌리는 언제쯤 썩어져서
흔적이 말끔하게 사라져 버릴까

감꽃

황백색 꽃이
툭
유산됩니다

홍시는 고사하고
활짝 펴 보지도 못한 채
떨어져 누운 아기꽃

빗물에 젖어 구르며
멍들어 갈 꽃잎 앞에서
뒤돌아 멀어지는 인연 하나 떠올립니다

잎사귀들은 너울너울 짙푸른데
유산된 꽃잎이
깨어나지 못할 꿈길 속으로 지워지듯이
기억의 저편으로 사라져 가는
애틋한 인연 하나 있습니다

비 오는 밤에

그날 밤도 오늘처럼 추적추적 비가 내렸지
내 한약을 지으러 부모님과 함께
버스를 타고 온종일을 걸려 도착한 열네 살의 서울
늦은 저녁 식사를 하고 여관방 찾아 두리번거리는
모습을 본 사십 대 초반 부부
자초지종을 듣더니 누추하지만 원하신다면
자신들의 집으로 모시고 싶다 하였지
열 시경에 도착한 언덕배기 판자촌 단칸방
열 살과 여덟 살 자매가 잠이 깨어
뚫어져라 나를 쳐다보았지
말 한마디도 나누지 않은 채
잠자리에 들면서도 내 얼굴을 빤히 바라보다 잠이 들고
아침에 깨자마자 나부터 찾았지
조촐한 아침을 먹고 떠나려는 순간
나의 손과 옷자락을 붙잡고
오빠 함께 살자 매달리며 울던 어린 소녀들
특별히 정들 시간도 없었는데
붙잡고 매달리는 아이들의 애절함에
나 또한 눈물을 쏟았네

가지 말라며 엉엉 울어대는 자매들에게
다시 또 보자는 허튼 약속도 없이
몇 번이나 뒤돌아서서 손을 흔들며
떠나오는 두 다리는 왜 그리도 휘청거리던지

이름도 모르고
얼굴도 희미하고
그 동네 이름조차 모르는데
오늘 밤처럼 서울 밤거리에 장맛비가 내리는 날이면
정들 새 없이 정들었던 그 소녀들이
내 마음을 하염없이 적시다 가네

눈발

소식이 아득하게 쏟아지네
무슨 사연들이 그리도 많기에
겨우내 암호 같은 언어로
하염없이 소식을 전해 오는가
때로는 연인들의 속삭임처럼 부드럽게
때로는 멱살잡이 욕설처럼 휘몰아치며
때로는 세상살이 고된 눈물처럼
그렇게 소식은 오고 또 오는가
무슨 사연들이 그리도 많고 많아
저리 저렇게 아득하게 하득거리는가

3부

꿈꾸는 고향

봄날에

한강물은 호수처럼 잔잔하고
밤섬은 울창울창 꿈을 부풀리고 있습니다
솨아 솨아아 파도소리로 내달리는 차량들 옆으론
흰 보라 벚꽃들이 요란스레 손님맞이를 하고
온갖 새들이 흉내조차 못 낼 신비로운 소리로
구애하고 있습니다
연애 시절 저런 목소리가 내게도 있었더라면
좀 더 멋진 청춘을 보내지 않았을까 부럽기도 합니다
삼나무 꼭대기에선
까치 한 쌍이 푸드덕푸드덕 신이 나 있습니다
등에 올라타 꼬리날개를 파르르 떨어대는 것이
사랑을 나누는가 봅니다
제비는 보이지 않는데
잔디밭에는 제비꽃들이 재잘재잘 이야기꽃 피웠네요
지금쯤 고향에도 제비꽃이 옹기종기 피어 있을 겁니다
인적 드문 마을에 제비들은 찾아왔는지 궁금합니다
이제는 찾아가도 반길 사람 없는 낯선 땅이라서
더욱 아롱아롱 떠오르는 자그마한 마을
호수처럼 흘러가는 한강물에

그립다고 보고 싶다고 제 마음을 띄워
누구 하나 반갑게 받아 볼 이 없지만
서해안 바닷가 고향 마을로 연이어 보내봅니다

비 개인 오후

왕매미 사랑앓이가 폭포수처럼 쏟아지는
벚나무 그늘에 앉아
눈길 따라 마음을 흘려보냅니다

불어난 한강물에 유람선은 수많은 생각을 가뿐히 싣고
잔잔한 악보를 그리면서 흘러가고
당인리 발전소 아래 북부간선도로에는
장마 뒤 분주한 개미 떼처럼 자동차가 쭉쭉 내달립니다
식구들의 경제를 높다랗게 실은 일 톤 트럭도
어깨에 힘깨나 들어감 직한 대형 승용차도
꼬리를 물고 제 갈 길 찾아 멀어져 갑니다
장마 내내 부산을 떨던 까치 부부도
오늘은 새끼들을 데리고 나들이라도 나갔는지
까치집 주변 이파리들도 모처럼 한가하고
뚝새풀들은 나른나른 몸을 말리고 있습니다

특별히 그리워할 사람도 없어
왕매미 사랑앓이를 음악처럼 듣고 있는 지금은
비 개인 여름날의 오후입니다

귀성길

모처럼 고향 가는 길
손 흔드는 단풍
인사하는 벼 이삭
두루두루 눈인사코자 했건만
새벽길 재촉했음이런가
아늑함 때문이런가
어느새 꿈속
기차보다도 빨리
어머니를 뵙는다

희망 미소

연기군 뒤웅박골 조각상에 눈길을 사로잡혔네
결실에 대한 소망을 가득 담은 새참 광주리를
똬리 얹은머리에 인 채
미소 머금은 엄마와
포대기에 둘려 엄마 등에 업힌 채
빙긋이 웃고 있는 아기가
잃어버린 시절을 영화필름처럼 되돌리고 있네
살 빼기를 하지 않아도
가냘팠던 우리들의 엄마 모습과
엄마와 함께라면 마냥 행복하기만 했던
잊혀진 우리들의 모습이
저기 저만치 앞서가고 있네
모내기 품앗이를 하는지
보리 베기를 하는지
알 수는 없지만
울퉁불퉁 둑길 따라
엄마와 아기가 희망 미소로 가는 모습이
닳고 닳은 구두를 붙든 채 놔주질 않네

자식

시장 구석 한쪽에 쭈그려 앉아 농게를 파는
자신의 엄마가 창피하다며
하굣길에 시장을 지나가면서도 본체만체하는
중학생 아들딸

오줌통을 지고 나르는 애비를 가리키며
저 사람은 누구냐고 묻는 놀러 온 친구에게
우리 집 머슴이라는 고교생 아들

그 말을 듣고 일언반구도 못한 채
한쪽 구석에 서서 눈물을 쏟는
머슴만도 못한 애비

아비

총총걸음으로 현관을 나서는 이른 아침부터
노쇠처럼 일하다가
깊은 어둠을 등에 지고 돌아와
방에 널브러지는 저녁 시간조차도
그림자처럼 생활하는 아비는
노쇠보다도 관심 밖의 머슴입니다

자식들이 방문을 꼭꼭 닫아건 채
방학 내내 컴퓨터 게임만 하고 있어도
집안 분위기 흐려질 것을 우려하여
말 한마디 못하고 체념해야 하는 아비는
벙어리보다도 표현 못 하는 장애자입니다

퇴학이나 당하지 않고
소년원이나 들락거리지 않고
자살하지 않는 것만으로도 감지덕지해야 하는 아비는
고개를 들고 살아갈 수 없는 죄인입니다

한 가정의 가장이란 말은 구시대적 발상이라며

권위는 이 세상에 빼앗긴 채
한집안 식구들의 생계비 멍에가 씌워진 아비는
이 시대의 머슴입니다

때로 자식을 낳았다는 자체가 죄스러운 아비는
어느 한 곳 마음 둘 곳 없는 마음의 방랑자입니다

빨래

아내와 옭으락 붉으락 씩씩거린 날
문을 박차고 가출하듯 나선다

어디든 떠나자
가릴 것 없이 용감무쌍하게 작정하지만
한 시간도 채 안 되어
계면쩍게 되돌리는 발길

어쩔 수 없이
나는
펄럭이는 빨래인가

여로

방바닥에 끌리는 바지 입은 내 모습을 본 아내
바지 키가 더 큰 것 같다며
어째 당신은 몸뚱이가 크는 것이 아니라
옷만 크느냐며 깔깔거린다

어느덧 정오가 나를 통과한 육체의 시간
눈높이가 구름과 가까워지던 오전이었다면
이제는 흙과 가까워지는 인생의 오후
인생살이 별것 있냐는 푸념어린 유행어처럼
이제는 내 모습을 그림자처럼 지워가며 가는 길에
눈발이 하늘하늘 민요 가락 춤추듯 내려서고
눈 삿갓 쓴 노송 향기가 그윽하다

자랑스런 소나무

구십 도로 굽은 허리가 부끄럽다는 아버지
식사 때마다 기도하시고
가정 속회 때마다 힘차게 찬양을 부르시며
벼 탈곡 후에는 가장 먼저 쌀 몇 가마니를
헌금하시면서도
굽은 허리가 남 보기 부끄럽다며
교회를 안 가시는 아버지

아버지 부끄러워하지 마세요
해안가 비탈의 굽이굽이 소나무가 아름다운 것은
솔방울들이 모진 해풍에 떨어질까 단단히 붙잡고
새들을 보듬어 살피며 살아온 세월 때문이듯이
가족이란 지게를 지고 한평생 굽잇길을 헤쳐온
이 시대의 아버지인 당신은
이 시대의 자랑입니다

아버지
이 세상을 살아가는 동안 허리는 다시 펴지 못하시겠지만

마음만은 뿌듯하게 쭉 펴고 살아가세요
아버지란 이름은
영원히 고귀한 아름다움입니다

귀향

돌아가네 돌아가네
고향으로 돌아가네
멀고 먼 인생길 돌고 돌아서
야망도 없이 상실도 없이 나 돌아가네

삼월 초면 비탈 산 양지 녘에 발그레 피어나는
진달래꽃에 내 마음 또한 환해질게요
삼월 말이면 뜰 앞까지 찾아온
민들레꽃 제비꽃 더불어 밝은 햇살 즐길 테요

사월 초면 눈부시게 피어나는 벚꽃 아래
휘파람새 함께 봄 노래를 부를 테요
색시비처럼 봄비 온 뒷날 아침이면
참나무에 파릇파릇 움 돋는 새싹에 설렐게요

사월 중순이면 못물마다 파동 치는 개구리 합창 따라
처마 끝을 들락날락하는 제비들을 볼 것이요
새순 돋는 향긋한 돌미나리로 반찬을 하고
무리 지어 돋아나는 고비 뜯어 된장국을 끓이려오

오늘처럼 초록비가 내리는 오월이면
뒤란 한켠에 피어나는 찔레꽃 붓꽃에
내 마음도 호젓해질 것이요
물결처럼 출렁이는 보리밭은 푸른 동심으로 이끌게요

아름드리 붉은 소나무 송홧가루 날리면
백로 한 쌍 따라 마음도 유유히 날고
소꿉친구들이 그리운 날엔
살랑대는 향기 따라 해당화 바닷가를 거닐 테요

밤꽃 피어나는 유월이 오면
썰물 따라 갯벌에 나가 농게와 소라를 잡고
바닷가 한쪽 모퉁이에서 친구 기다리듯 피어있는
참나리꽃과 눈빛 대화를 나눌 테요

태풍이 온종일 휘몰아치는 날이면 창가에 앉아
흘러내리는 빗물처럼 따뜻한 차로 마음을 적시며
고향 떠난 동무들과 흘러간 옛 시절을

하염없이 떠올릴 테요

왕매미 혼을 살라 노래하고
개미 떼 분주히 분화구 성을 쌓으면
방아깨비는 폴짝폴짝 뛰놀고
잠자리 떼는 온 동네를 비행할게요

벼 이삭 인사하듯 익어가는 시절이면
코스모스 신작로 따라 함께 등교하고
하굣길 산 다래를 서로에게 따주던
이제는 머나먼 소녀를 떠올릴 테요

찌르레기 밤새워 노래하고
휘영청 옛 동산에 둥근달 떠오르면
지나가는 이 없이 외로이 짖어대는 멍멍이 소리에
나 또한 잠 못 이루며 뒤척이기도 할게요

동지섣달 논배미에 얼음이 꽁꽁 얼면
이마에 송글송글 땀방울 맺히도록 썰매를 타고

바람 부는 날이면 동산에 올라
이제는 소망 대신 추억을 실어 방패연을 띄우려오

겨울바람은 쉬잉씽 전선줄로 가야금을 타고
눈발이 솔잎 위에 소복이 수묵화를 그리면
늙어가는 친구들 불러 모아
두런두런 이야기를 나누어도 좋겠소

돌아가네 돌아가네
옛 추억 찾아 나 돌아가네
머나먼 아리랑길 돌아 돌아서
꿈에 그리던 마음의 고향으로 이제야 돌아가네

머나먼 안식처

독한 술을 들이붓는 독한 사람들을 벗어나
안식처로 이동시켜줄 열차를 기다린다
어둠 속에서도 하얗게 빛을 발하는
철로
얼마나 길이 되어줬으면
호탕하게 웃는 치아처럼 반짝일 수 있을까
이곳에 욕심 찌꺼기 같은 음식물들로
눈살 찌푸리게 해선 안 되는데
겨울파도처럼 울렁거리는 뱃속
다리는 낙지발처럼 흐느적거리고
눈을 뜨라는 영혼의 재촉에도 불구하고
버티지를 못하고 감겨드는 두 눈
모르는 사람들의 발걸음들은 제각기 분주하고
빛마저도 얼어버리는 도시 속으로
지하철은 조심하라 경적을 울리며 들어서는데
하나둘 체념해지는 목표들처럼
털퍼덕 주저앉은 몸뚱이는 일어설 줄을 모르고
역류하는 오물들을 틀어막느라
정신은 안절부절 힘이 겨웁다

한 집안 꽃들끼리

햇살을 날름날름 받아먹는 화초들을
흐뭇한 표정으로 바라보고 있노라니
호박죽이라도 쑤려는지 늙은 호박 속을 파내던 아내
화초들을 아끼고 보살피는 행동 삼 분의 일이라도
자신에게 해주면 원이 없겠단다

이젠 별걸 다 질투한다는 생각에
한집안에 사는 꽃들끼리 웬 질투야
라고 했더니

젊은 꽃들만 좋아하니까 그렇지
라며 툴툴거린다

나 원 참

으이구 술마저도 당신을 괴롭히네

내가 술을 괴롭히는 거겠지

아니네요
술이 당신을 괴롭히는 거지
그러니까 제게 잘해 봐요
술이 당신을 괴롭히나

나 원 참 기가 막혀서

막걸리 한 잔 목에 걸치고 귀가하여
등줄기 근질거려 긁어 달랬더니
시뻘겋게 닭살 돋은 등짝을
바가지 긁듯 득득 긁어대며
자신에게 잘하라고
이젠 별걸 다 갖다 붙이는
나와 돗진 갯진인 내 옆 편 네

하얀 평화

멍멍이도 깨어나기 전
새하얀 고요가 정지한 듯 흐르고
햇살 미소가 합창처럼 반짝여대는 아침
벼락같은 하늘의 진노를
피뢰침처럼 무마시켜주던 십자가도
골똘히 명상에 잠겨 있다

눈 오는 밤

별들이 축복처럼 뿌려주는
송이송이 눈꽃송이 따라
새하얀 미소꽃이 새록새록 피어나는 밤
먼지 쌓인 앨범 속에서 걸어 나오는
구수한 옛이야기들

논배미 한쪽에 눈사람을 심판으로 세워놓고
썰매 경주하던 철이 경이의 모습도
하얀 들판에 꽃발자국 수놓던 영이의 모습도
아스라이 걸어가는 한 사나이의 뒷모습도
소록소록 덮이며 펼쳐진다

안식처

삶에 고달픔이 없다면
그리움이 마음속 깊이 깃들겠는가
그리움에 깊숙이 잠겨 들지 않는다면
고향은 또 아롱거리겠는가
몸과 마음이 지쳐 혼자라고 느껴질 때면
가장 먼저 떠오르는 자그마한 동네
때론 눈물 핑 도는 고향이라는 이름 하나
그곳에는
미소만 지어도 든든했던 아버지와
무한사랑이었던 어머니가 계시고
알게 모르게 의지가 되었던 형제들과
온종일 뛰놀아도 싫증 나지 않던 동무들이
연이은 추억으로 손짓하며 날 오라 하네
고향이란 무엇이기에
생활이 실타래처럼 헝클어질 때마다
눈빛 젖은 그리움으로 몰려오는가

핀잔받는 시인

드러누워 등짝 따끈따끈하게 시집을 읽고 있는데
설거지 끝내고 들어와 제목을 흘겨본 아내
외롭긴 뭐가 그리 외로워
라며 다짜고짜 시비를 건다

시인은 원래 외로운 거야

그렇긴 하지
세상 외로움 다 싸 짊어진 양반들이 시인들이지
옆에 있는 여편네 외로운 줄은 모르고

오늘따라 저 사람이 심심해 저러는가 갸우뚱하면서
그래도 나는 외롭지 않은 편이야
시인들이 요즘 오죽 쌔고 쌨어야 말이지
내 차례까지 올 외로움이 거의 남아있질 않아
라면서 실없이 웃는다

솔잎

솔솔바람

솔솔솔

쓰다듬으면

누런 솔잎은

쇄아아쇄아아

샤워를 한다

폭풍우

휘여청 휘여청
대나무 허리 몸살 나고
늙은 소나무 하체를 허옇게 드러낼 때
아카시아 한켠 까치집에는
연이어 찢어지는 울부짖음

꽃잎을 후려쳐대는 바람은
무엇 때문에 저토록 피살이 돋았는가
잃어버린 시간처럼 꽃들의 축제도
하룻밤 새 끝장내 버리고
무거운 구름 떼 몰아 휘돌아 쳐대며
떼거지 폭풍우를 내모는 이는 누구인가
숨 쉬는 것들은 진저리가 계속되건만
하늘 몽둥이는
어디로 또 쏜살같이 내달리고 있는가

뻐꾸기 어둠을 토하는 밤

무엇이 그리 서러운지
벚나무는 하소연하듯 하늘 향해 팔들을 벌린 채
몸부림을 치고 있었다
어떠한 아픔이 짓눌러대는지
개구리는 철퍼덕 주저앉아 밤비 흠뻑 맞으며
청승을 떨고 있었다

깊이를 가늠할 수 없는 먹구름마저
갈피 못 잡고 헤매 도는데
벚꽃들은 개구리 떼의 이별가를 뒤로하며
철새처럼 떼를 지어 머나먼 길을 떠나가고 있었다

뻐꾸기는
봄날의 그늘 같은 아픔들을 덧칠하여 묻으려는지
밤새워 어둠을 토해 내고 있었다

■ 해설

물처럼 흐르는 삶과 '아버지'라는 숭고한 이름

— 강흥수의 시집에 관하여

권 온(문학평론가)

1.

강흥수 시인의 새 시집을 읽는다. 시인의 '권두卷頭 시詩'「시와 시인」 3연은 "이웃 사람들/ 강아지 진달래꽃 휘파람새/ 하늘/ 땅/ 모두가 시"이고 4연은 "우리는 살아있다는 자체만으로도/ 시인이다"이다. 여기에는 인간, 동물, 식물, 자연을 포괄하는 우주가 '시'이고 살아있는 존재로서의 우리는 모두 '시인'이라는 인식이 담겨있다.

이 글은 강흥수 시인의 시집에서 열한 편의 시를 엄선하여 독자들에게 소개하려는 시도이다. 곧 이 자리에서 우리는 시인의 시 「하루살이 수레바퀴」「촉수의 길」「꿈이란」「머문 자리」「너에게 나는」「감꽃」「아비」「자식」「자랑스런 소나무」「여로」「안식처」 등에 주목할 예정이다. 소박하면서도 따뜻한, 긍정성의 기운으로 충만한 강흥수 시인의 시편詩篇을 함께 살피는 일은 충분히 유의미한 일이 될 것으로 믿는다.

2.

인생은 하루살이 수레바퀴 자국의 모임
눈 뜨자마자 두 손 가지런히 소망을 붙들고
떠나는 일상의 모험
때론 시간조차 느낄 새 없이 분주하게
때론 끝없이 이어지는 수평선처럼 지겹게
흘러가듯 다가오는 내일이었던 아침
같은 듯 다른 나날 속에서
살아가는 의미를 부여하고 새겨 넣으며
또 살아보자고 바라보는 허공 같은 하늘
하늘은 바라볼 수 있는 만큼의 거리에서
유혹처럼 땅과 맞닿아 있을 뿐
단 한 번도 도달을 허용하지 않았지
땅끝과 하늘 끝마저 애매모호해지는 저녁 무렵
좁쌀 헤아리듯 되짚어보면
또다시 다녀온 어제 같은 하루

—「하루살이 수레바퀴」 전문

'하루'가 모여 '나날'이 되고, '일상'이 쌓여 '인생'이 된다. 뭔가 대단한 일이 있을 것만 같은 삶이지만 뭔가 느낄 새도 없이 그냥 흘러간다. 끝없이 펼쳐진 수평선이나 지평선처럼 어제가 가고 오늘이 왔듯이 오늘이 가면 내일이 올 것이다. 어디가 시작이고 어디가 끝인지 알 수 없는 하늘과 땅을 바라보는 일은 막막한 하루살이 인생을 체험하는 일. 우리는 다만 시인의 제안을 따라서 "살아가는 의미를 부여하고 새겨 넣으며" 할 걸음씩 나아갈 뿐이다.

환한 웃음꽃을 피웠던 순간들이
골 깊은 그리움으로 사무치는 것은
겹겹으로 둘러싸인 정신감옥 같은 현실 때문이다

한시라도 빨리 벗어나고자 했던 일들이
되새기고픈 이야기가 된 것은
그 어려움 허위허위 헤쳐 온 내가
여기 이렇게
햇살 받는 당당한 어깨로 서 있기 때문이다

이제 또
지나온 자취를 촉수처럼 더듬어 보는 것은
저편에서 걸어온 내가
이편으로 가야 할 길을
가늠해 보기 위함이다

—「촉수의 길」 전문

현재가 슬픔으로 침윤되어 있을 때, 인간은 과거를 회상하려고 노력한다. 기쁨으로 채색된 과거를 그리움이라는 이름으로 호명하는 일은 자연스러울 것이다. 또한 현재가 당당함으로 굳건할 때, 인간은 또한 과거를 되새긴다. 어두운 과거와 대비되는 빛나는 현재가 더욱 돋보일 수 있기 때문이다. 3연 2행의 "지나온 자취를 촉수처럼 더듬어 보는 것"은 긴요한 문구이다. 강흥수 시인의 신중함은 '저편'과 '이편'의 이동을, '어제'와 '내일'의 연결을 가능케 하는 추진력이기도 하다. 과거와 현재와 미래는 하나의 길을 이루면서 전진하는 것이다.

아기 눈망울처럼
똘망거리는 별들을 보라
깜깜할수록 빛을 발하는
꿈의 보따리를 보라

밤이 있기에
별은 빛나고
별이 있기에
꿈은 반짝거리는 것

별들이 소멸되는 순간까지
빛을 내뿜듯
꿈은 스스로 포기하지 않는 한
등대처럼 길을 이끄나니

깜깜할수록 빛을 발하는
꿈의 보따리를 풀어보라

—「꿈이란」 전문

우리는 깜깜한 '밤'이 있기에 빛나는 '별'이 가능하다는 사실을 알아야 한다. '밤'의 어둠이 짙을수록 '별'의 밝음이 더욱 강렬해진다는 역설의 원리를 기억해야 하는 것이다. 밤바다를 헤치며 나아가는 배가 등대의 불빛을 포착하듯이, 포기하지 않는 이에게는 꿈이 존재한다는 것. 이 시에서 강흥수 시인이 발견한 '꿈'이라는 긍정성의 메커니즘은 독자들에게 놀라운 희망의 떨림을 전달하고 있다.

아름다운 사람은 머문 자리도 아름답다며
감시하듯 마주 바라보는 화장실 문구를 보면서
아삼아삼 되새겨지는 이들은
뒷모습이 말끔하였음을 떠올린다

외모는 백합꽃 같지 않더라도
마음만은 백리향처럼 드리울 수 없을까
할 수만 있다면
흔적 남기려 드는 정과 끌 같은 삶이 아닌
이슬처럼 흐르는 삶일 수는 없을까

비석에 치장되어 비 오는 날 으스스하게 서 있는

때가 낀 이름이 아닌
절벽마다 아찔하고 삐뚤어지게 새겨져
따갑도록 눈총 맞고 서 있는 이름이 아닌
근원을 알 수 없는 민요처럼
읊조려지는 인생이 될 수는 없을까

—「머문 자리」 전문

공중화장실을 이용한 사람이라면 누구나 "아름다운 사람은 머문 자리도 아름답습니다."라는 인상적인 문구를 접한 일이 있을 것이다. 이 문구를 본 시인은 뒷모습이 말끔한 사람들을 떠올렸을 것이고, 그들의 삶은 이슬처럼 흐르는 삶이었음을 깨닫는다. 강흥수 시인에 따르면 '외모'가 아닌 '마음'이 우선시되어야 한다. 그는 '정'과 '끌'과 '때' 등 날카롭고 불순한 속성과 관련되지 않은 자연스럽게 읊조려지는 인생을 지향한다. 강흥수 시인의 이 시에는 이형기의 시 「낙화」의 절묘한 어구를 떠오르게 하는 순수함이 그득하다. '가야 할 때가 언제인가를/ 분명히 알고 가는 이의/ 뒷모습은 얼마나 아름다운가'

너에게 나는
혼자 움츠려 걷는 겨울 밤거리에
난로같이 따뜻하게 떠올랐으면 좋겠어

누군가에게 상처받아 아플 때도
내가 전해준 말들 새록새록 고갤 내밀어

미소 머금어졌으면 좋겠어
나는 너에게

세상은 아름답다고 흥얼거려지는
높은음자리였으면 좋겠어
내가 문득 떠오를 때면

—「너에게 나는」 전문

사랑은 '너'와 '나'의 영원한 대화이다. 시의 화자 '나'는 '너'에게 어떤 존재가 되고 싶다. '나'는 '너'에게 난로같이 따뜻한 사람이 되고 싶고, '나'는 '너'에게 미소 머금을 수 있는 말들을 전하고 싶고, '나'는 '너'에게 아름다운 세상을 흥얼거릴 수 있는 높은음자리 같은 사람이 되고 싶은 것이다. '나'는 '너'에게 난로가, 미소가, 음악이 되어줄 것이라고 다짐하고, 이 시를 읽는 독자들 역시 사랑하는 누군가를 떠올리며 따뜻한 난로가, 기쁜 미소가, 즐거운 음악이 되어줄 것을 결심한다.

황백색 꽃이
툭
유산됩니다

홍시는 고사하고
활짝 펴 보지도 못한 채
떨어져 누운 아기꽃

빗물에 젖어 구르며
멍들어 갈 꽃잎 앞에서
뒤돌아 멀어지는 인연 하나 떠올립니다

잎사귀들은 너울너울 짙푸른데
유산된 꽃잎이
깨어나지 못할 꿈길 속으로 지워지듯이
기억의 저편으로 사라져 가는
애틋한 인연 하나 있습니다

—「감꽃」 전문

이것은 꽃에 관한 이야기. 이것은 황백색 꽃의 유산流産에 관한 이야기. 이것은 "홍시는 고사하고/ 활짝 펴 보지도 못한 채/ 떨어져 누운 아기꽃"에 관한 이야기. 이것은 인연에 관한 이야기. "뒤돌아 멀어지는 인연 하나", "기억의 저 편으로 사라져 가는/ 애틋한 인연 하나"가 여기에 있다. "빗물에 젖어 구르며/ 멍들어 갈 꽃잎", "유산된 꽃잎"은 감꽃의 꽃잎. 이것은 "깨어나지 못할 꿈길 속으로" 지워지는 감꽃에 관한 이야기. 감꽃의 이야기, 사람의 이야기, 사랑의 이야기, 기억의 이야기. 강홍수 시인의 시, 당신과 나의 시.

총총걸음으로 현관을 나서는 이른 아침부터
노쇠처럼 일하다가

깊은 어둠을 등에 지고 돌아와
방에 널브러지는 저녁 시간조차도
그림자처럼 생활하는 아비는
노쇠보다도 관심 밖의 머슴입니다

자식들이 방문을 꼭꼭 닫아건 채
방학 내내 컴퓨터 게임만 하고 있어도
집안 분위기 흐려질 것을 우려하여
말 한마디 못하고 체념해야 하는 아비는
벙어리보다도 표현 못 하는 장애자입니다

퇴학이나 당하지 않고
소년원이나 들락거리지 않고
자살하지 않는 것만으로도 감지덕지해야 하는 아비는
고개를 들고 살아갈 수 없는 죄인입니다

한 가정의 가장이란 말은 구시대적 발상이라며
권위는 이 세상에 빼앗긴 채
한집안 식구들의 생계비 멍에가 씌워진 아비는
이 시대의 머슴입니다

때로 자식을 낳았다는 자체가 죄스러운 아비는
어느 한 곳 마음 둘 곳 없는 마음의 방랑자입니다

—「아비」 전문

'아비'는 '애비'이고 '아빠'이며 '아버지'이다. 시인에 따르면 아비는 '이른 아침부터' '저녁 시간'까지 "그림자처럼 생활"한다. 누구의 관심도 받을 수 없는 아비는 '머슴'이나 마찬가지이다. 자식들이 외면하는 아비는 "벙어리보다도 표현 못 하는 장애자"이다. '퇴학'이나 '소년원' 또는 '자살'을 무기로 내세우는 자식들 앞에서 "아비는/ 고개를 들고 살아갈 수 없는 죄인"이 된다. 아내와 자식의 협공 앞에서 "한집안 식구들의 생계비 멍에가 씌워진 아비는/ 이 시대의 머슴"이 된다. 심지어 "자식을 낳았다는 자체가 죄스러운 아비는/ 어느 한 곳 마음 둘 곳 없는 마음의 방랑자"이다. '머슴'이자 '장애자'이며 '죄인'이자 '방랑자'인 아비가 가야 할 곳은 어디인가? 이제 우리가 아비의 등을 짓누르는 '깊은 어둠'을 치워야 할 시간이다. 아비라는 이름만큼 소중하고 아름다우며 숭고한 이름도 드물 것이기 때문이다.

> 시장 구석 한쪽에 쭈그려 앉아 농게를 파는
> 자신의 엄마가 창피하다며
> 하굣길에 시장을 지나가면서도 본체만체하는
> 중학생 아들딸
>
> 오줌통을 지고 나르는 애비를 가리키며
> 저 사람은 누구냐고 묻는 놀러 온 친구에게
> 우리 집 머슴이라는 고교생 아들

그 말을 듣고 일언반구도 못한 채
한쪽 구석에 서서 눈물을 쏟는
머슴만도 못한 애비

—「자식」 전문

이 시의 제목은 '자식'이지만, '아들'과 '딸'을 전면에 내세우는 작품 같지만, 시인의 눈은 '엄마'와 '애비'를 가리킨다. "시장 구석 한쪽에 쭈그려 앉아 농게를 파는" 엄마를 창피하게 여기며 본체만체하는 자식들 앞에서, "오줌통을 지고 나르는 애비"가 부끄러워 "우리 집 머슴"이라고 말하는 아들 앞에서 부모의 마음은 어떻겠는가? 자식들은 "일언반구도 못한 채/ 한 쪽 구석에 서서 눈물을 쏟는/ 머슴만도 못한" 애비의 마음은 언제쯤 알게 될까? 세월이 흐른 뒤, 자식을 낳아 기르다 보면 부모의 마음을 알게 될까? 아련한 감정을 불러일으키는 시가 아닐 수 없다.

구십 도로 굽은 허리가 부끄럽다는 아버지
식사 때마다 기도하시고
가정 속회 때마다 힘차게 찬양을 부르시며
벼 탈곡 후에는 가장 먼저 쌀 몇 가마니를
헌금하시면서도
굽은 허리가 남 보기 부끄럽다며
교회를 안 가시는 아버지

아버지 부끄러워하지 마세요
해안가 비탈의 굽이굽이 소나무가 아름다운 것은
솔방울들이 모진 해풍에 떨어질까 단단히 붙잡고
새들을 보듬어 살피며 살아온 세월 때문이듯이
가족이란 지게를 지고 한평생 굽잇길을 헤쳐온
이 시대의 아버지인 당신은
이 시대의 자랑입니다

아버지
이 세상을 살아가는 동안 허리는 다시 펴지 못하시겠지만
마음만은 뿌듯하게 쭉 펴고 살아가세요
아버지란 이름은
영원히 고귀한 아름다움입니다

—「자랑스런 소나무」 전문

한 편의 시가 많은 것을 노래할 필요는 없다. 유의미한 핵심을 전달할 수 있다면 그것으로 충분할 수 있다. 강흥수 시인의 이 시는 '아버지'를 제시한다. 6회 출현하는 '아버지'는 이 작품의 처음이자 끝이다. 시인은 "구십도로 굽은 허리가 부끄럽다는 아버지"에게 이렇게 말한다. "이 세상을 살아가는 동안 허리는 다시 펴지 못하시겠지만/ 마음만은 뿌듯하게 쭉 펴고 살아가세요" 굽은 '허리'와 곧은 '마음'의 대비가 포인트이다. 아버지의 육체는 가족을 위한 헌신으로 굽었지만, 아버지의 정신은

여전히 생생하게 살아있는 "영원히 고귀한 아름다움"이기 때문이다. 아버지라는 이름은 나에게, 너에게, 우리에게, 이 시대의 '자랑스러운 소나무'이기 때문이다.

방바닥에 끌리는 바지 입은 내 모습을 본 아내
바지 키가 더 큰 것 같다며
어깨 당신은 몸뚱이가 크는 것이 아니라
옷만 크느냐며 깔깔거린다

어느덧 정오가 나를 통과한 육체의 시간
눈높이가 구름과 가까워지던 오전이었다면
이제는 흙과 가까워지는 인생의 오후
인생살이 별것 있냐는 푸념어린 유행어처럼
이제는 내 모습을 그림자처럼 지워가며 가는 길에
눈발이 하늘하늘 민요 가락 춤추듯 내려서고
눈 삿갓 쓴 노송 향기가 그윽하다

—「여로」 전문

여로旅路는 "여행하는 길 또는 나그네가 가는 길"을 의미하는데, 이 시에서는 인생 또는 삶의 과정을 가리키는 비유적인 표현으로 활용되고 있다. 시의 화자 '나'는 정오를 기준으로 인생의 오전과 오후를 나눈다. "눈높이가 구름과 가까워지던 오전"이 지나가고 "이제는 흙과 가까워지는 인생의 오후"가 되었다는 자각自覺에 도달하는 것이다.

거침없이 태양을 향해 솟구치던 건강한 육체가 점점 스러지고 있다는 쓸쓸한 깨달음. 시인의 어법에 따르자면 “이제는 내 모습을 그림자처럼 지워가며 가는 길”이 시작된 것이다. “인생살이 별것 있냐는 푸념 어린 유행어”가 실감으로 다가오는 때, 우리는 그윽한 ‘노송 향기’를 맡게 되는 것이다.

삶에 고달픔이 없다면
그리움이 마음속 깊이 깃들겠는가
그리움에 깊숙이 잠겨 들지 않는다면
고향은 또 아롱거리겠는가
몸과 마음이 지쳐 혼자라고 느껴질 때면
가장 먼저 떠오르는 자그마한 동네
때론 눈물 핑 도는 고향이라는 이름 하나
그곳에는
미소만 지어도 든든했던 아버지와
무한사랑이었던 어머니가 계시고
알게 모르게 의지가 되었던 형제들과
온종일 뛰놀아도 싫증 나지 않던 동무들이
연이은 추억으로 손짓하며 날 오라 하네
고향이란 무엇이기에
생활이 실타래처럼 헝클어질 때마다
눈빛 젖은 그리움으로 몰려오는가

—「안식처」 전문

당신은 '그리움'이라는 감정을, '추억'이라는 영상映像을 알고 있는가? 대부분의 사람들에게 '그리움'이나 '추억'을 전파하는 가장 강력한 시공時空은 '고향'일 수 있다. '아버지'의 든든한 미소와 '어머니'의 무한한 사랑과 '형제들'의 남다른 우애와 '동무들'과의 쉼 없는 놀이가 있던 곳.

시인의 진술처럼 "고향이란 무엇이기에/ 생활이 실타래처럼 헝클어질 때마다/ 눈빛 젖은 그리움으로 몰려오는가" 우리는 왜 삶의 '고달픔'이 눈보라처럼 휘몰아칠 때, 고향을 더욱 생각하게 되는가? 누구나 그곳에 가면 편히 쉴 수 있기 때문이다. 고향이야말로 진정한 안식처이기 때문이다.

3.

강홍수 시인의 이번 시집을 구성하는 대부분의 시는 쉽게 읽히는 특성을 보유하고 있다. 소박하고 편안하게 접근할 수 있는 시를 읽는 독자는 높은 가독성 속에서 작품을 이해할 수 있다. 강홍수 시인의 여러 시편을 검토해 보니 지나온 인생을 반추하는 경우가 적지 않다. 이 글은 삶을 바라보는 시인의 태도를 기억하는 일이 필요하다고 판단하였다. 살아왔고, 살고 있으며, 살아가야 할 길이 인생이라는 인식. 꿈을 갖고 나아가야 한다는 생각.

강흥수 시인에 따르면 삶은 물처럼 자연스럽게 흘러가는 것이 중요하다. 시인은 우리에게 사랑하는 대상을 위해 노력하는 자세를 늘 견지하라고 이야기한다. 사랑은 시인의 중요한 시적 주제이다. 애비와 엄마를 포괄하는 부모는 자식과 대비되면서 사랑을 구현하는 긴요한 시적 소재가 된다. 특히 아비 또는 아버지는 숭고미를 대변한다는 점에서 인상적이다. 강흥수 시인은 인생의 황혼기를 슬기롭게 맞이하려는 자세를 보여주었고, 진정한 안식처로서의 고향을 향한 그리움을 은은한 어조로 역설하였다. 그런 까닭에 독자들로서는 그가 펼칠 앞으로의 시 세계에 대한 기대와 궁금증이 대단하지 않을 수 없겠다.